KB142762

나무 되기 연습

고명자

시인의 말

밤새 바다가 만들어 놓은
모래무늬들
슬슬 뭉개 주었다

물
그 정갈한 질서와
장난을 치는
새벽

2023년 11월

고명자

나무 되기 연습

차례

2부 꽃은 어미의 배를 가르고 나온 모진 슬픔이야

3부 넝쿨 덤불이 슬어 놓은 거짓말

4부 햇볕염불 햇볕고해성사 햇볕주기도문이 필요해

해설

1부
불협화음이어서 좋아

처녀들의 난 1
—시, 눈총, 잠

한 땀 한 땀의
시
한 땀 한 땀의
읊조림
졸음은 처녀보다 힘이 세
미싱 바늘에 손가락을 찔렸다
피댓줄에 머리카락이 감겨들어도
잠은 온다, 뒤통수에서

미싱 대가리와 너희는 용량이 같다
졸지 마라
다섯 달 치 월급 그 까짓것 좀 기다려 봐라
시간은 바이어스처럼 늘어나 매일매일 새날이니
처녀들아 너희 흰 손가락을 바쳐라

졸음의 특효약
약종이에 베껴 온 시詩를 털어 넣고 오물거렸다
무엇과도 섞이지 않으려고 미싱 다이 한쪽에 시를 감

취 놓고
　혼자 곱씹는 행복 때문에 미안했다
　시에는 눈총과 소음 먼지와 잠이 없다

　처녀들의 햇무 같은 종아리에
　파란 힘줄이 장다리꽃으로 번져 갔다
　미싱 발판 죽어라 밟아도 꽃밭에는 닿지 못한다
　약봉지처럼 창백한 얼굴에 마른버짐이 퍼져 갔다

　땡땡이 가라 월남치마는 불티나게 팔렸다지만
　지구의 아줌마들이 환호했다지만
　사장은 튀고 말았다
　시다, 오바로꾸, 미싱사 언니들은 웅성웅성 뿔뿔이 흩
어졌다
　공장은 많고, 많고 많은 이 땅에
　월급을 떼여도
　평화를 찾아 날아가는 비둘기 떼
　그럼에도, 시는 분노를 가르쳐 주지 않았다

평화시장은 가난을 배우는 교실
교복이나 책가방 따위 허울은 필요 없다
시 한 편과 같은
그런 평화
졸음처럼 와 주시길 졸면서 읊조렸다

파행

집 내놔라, 밥 내놔라
민달팽이 한 마리
변기 옆에 대자로 뻗어 있다
늘여 봤자 검지만 한 게
노름을 했는지 시멘트 벽을 뚫었는지
헐벗은 몸뚱이 좀 봐라
깜깜한 화장실 바닥에 퍼질러 놓았구나

참, 의뭉스러운 놈
집도 식솔도 있어는 봤는지
뭘 먹고 싸고 자고 비럭질하며 돌아다니는지
입도 코도 촉수도 오장육부도 없지는 않을 터인데

축축하고 물컹하고 시커멓고
징그러운 것들이
목숨도 길어라

배밀이 기술 하나로

맨몸뚱이 먹여 살리겠다는 포즈
한밤중을 뭉개고 쳐들어와 으름장 놓고 있다

흙비린내, 물비린내 한 바가지 내놔라
야멸친 눈빛 말고
별별 것 말고

먹이사슬을 위한 랩소디

재송 기슭의 나는 우리 동네 가장 질긴 뿌리다
그래, 먹어 치워 봐라 나를

식물들도 오월이면 몸싸움을 한다
은근슬쩍 얼키설키 초록이 질펀해지면
귀 어두운 새도 말문이 터진다

넝쿨 식물이 유리창을 뚫겠다
한겨울 눈 속에도 꼿꼿하던 나무들
넝쿨에 휘감겨 시들어 간다

누군가 집을 허물고 떠난 빈터에
산이 어적어적 내려왔다
푸른빛 긴 혀를 뽑아 허공을 쑥 핥아대니
고양이 풀씨 칡넝쿨 벌레 딱새 온갖 것이 튀어나온다
눈 밖에 난 요괴처럼 날고 기고 먹고 먹히고
눈물 콧물 재채기 오월의 아수라다

마당에 산맥이 들어섰다
읽던 장자를 "탁" 덮었는데 꽃가루 분분하다
집 꼴이나 사람 꼴이나 그렇고 그래서
톱을 들었다
등꽃 대궐 수십 채 썰어댄다

야야, 자갈치 가자

바다는 무슨 바다
눈 홀치고
볼때기 미어터지는
알기죽알기죽 취한 애인아
네가 오늘 내게 걸려든 바다다
상추 들깻잎에 마늘 땡초 다 빼고
너만 곱다시 싸
천년만년 곱씹으며 밝힐 밤이 오늘이다

없는 바다 없고
없는 나라 없어
세상의 모든 격랑을 받아내는
비닐 앞치마 부대원들 보소
자갈치 아지매들이 국경을 허물었어
베트남 필리핀 인도 몽골 키르기스스탄 아지매들 부
산말 잘해
고무장화 신었으니 한통속이야
여 오이소, 여 온나, 온나

멀리 다른 나라 다른 집 돌아볼 필요 없다
자갈자갈 밀리다 밀어내다 함박웃음으로 맞장구쳐
댄다

단칼에 바다
수족관 넘쳐흐르는 바다
수족관 수천 개로 이어 붙인 바다
벼린 칼로 저민 파도가 접시 위에서 펄떡펄떡 뛴다
은비늘 금비늘 꿰차고 다시 날아오를 기세다
휩쓸리면서 함께 휩쓸려 헤쳐 나가는

국수 1

청계천 피복상가 침침한 복도에는
커다란 짐승의 아가리처럼 삼킬 것이 많았다
병든 낯빛 같은 희멀건 형광등 아래
덜 자란 계집애 사내애 들이 모여들었다
순교란 말뜻을 모를 터이니 아무렴, 평화
평화시장은 사춘기들의 해방구
힐끗, 킥킥 눈빛만으로도 출신을 들켰다
모두 가난했으니
모두는 가난을 몰라
먼지 속에서도 웃는 아이의 철없는 생각으로
미싱 발판을 한번 올라타 보는 것
신나게 밟아 아무 곳으로나 나동그라져 보는 것
빚다 만 밀가루 반죽같이 희멀건한 나도
국숫발처럼 늘어서서 국수를 기다렸다
아무렴, 철딱서니들이 떠받치는 평화라 할지라도
오 원짜리 점심이라니
설핏설핏 코웃음이 새어 나왔다
막장으로 기어들어 어제의 소꿉놀이를 이어 가듯

하나 둘 셋 구령을 붙여 국물까지 시원하게 들이켰다
국수 그릇을 깨물어 먹고도 헛헛한
월급 사천 원짜리 시다들
돈맛을 알아, 자본주의의 짜릿함을 알아 버렸다
처음은 다후다*처럼 가벼웠지만
제풀에 휘감기다 온몸 쥐어짜는 땀범벅의 악몽
일으켜 세워 놓으면 배는 꺼져 버리고
금방 고파지는 무엇이 있어도 눈빛만은 모두 형형
했다

* 광택 나는 가볍고 얇은 화학 직물. 여성복이나 양복 안감에 주로
쓰인다.

국수 2

평화시장에는 평화가 없고
흰 머릿수건 두른 천사들*
셈을 모르는 바보들
오 원밖에 모르는 천사 어머니들 계시네
미싱 기름독 오른 팔목을 긁적이며 순자 언니가 지어
낸 노래

그 정도의 계산은 시다, 재단 보조도 할 줄 아는데
국수 장사의 속셈은 몰라도 되는 남의 일
풋내기들 점심 젓가락질은 시끄러웠고
국수를 건져 올리는 어머니들은 쉴 틈이 없다

양은 그릇 부딪히는 소리의 중심에서 나도 수굿해 있
었다
누구의 어머니인 줄 몰랐기에
고마운 줄 몰랐다
모르는 게 많아 미안해서 공손히 국수 그릇을 받
았다

노란 반달 단무지에 입천장까지 환해졌다
굶주린 창자처럼 허리 접힌 복도에서
매연 뒤집어쓴 별들이 지쳐 보일 때까지
이해할 수 없는 것들끼리
이해될 수 없는 것들끼리
퍼진 국수인 양 무심히 국수 가락을 삼켰다

실밥은 왜 하필 밥이라고 하는지
밥이어야 하는지
얼마나 차진 밥알이었는지
덜 여문 손톱으로 징글징글 떼어내야 했다
실밥을 매달고 집으로 가는 등 뒤
불 꺼진 평화시장은 무서웠다 밤의 정적 가운데 놀이
터처럼
국수 어머니들의 짜고 아리고 쓰고 매운 땀방울이 크
다 만 아이들을 키워냈다

* 평화시장 노동자들을 위해 국수 급식소에서 봉사하였던 어머님
들과 故 이소선 어머니.

손가락 열 개의 구부림과 뻗침으로

몸도 물건이니
내가 나를 사용해서
자식 낳고
분노를 낳고
시를 품었으니
사람값은 하고 살았다 싶었는데

주민등록증 재발급하러 갔더니
지문이 잡히지 않는다고
등고선 저 밑바닥까지 싹 뭉개졌다고

걸레 잡고
빨랫비누 잡고
수세미 잡고
면장갑에 삭은 고무장갑까지
손가락 열 개의 구부림과 뻗침으로
닳아 없어졌다니
시보다, 자식보다 명료하게

빛나는 변기
빛나는 오물통
빛나는 토사물
쓸고 닦고 베이고 움켜쥐고 깨부수고 내동댕이쳐
물건을 물건으로 만들어 버리는 놀라운 재주

몸은 영혼을 담는 그릇이라
썼다 지운다 찢는다
제멋대로 구겨 버린 하늘을 다시 잘 펴서
서슬서슬 옮겨 적는다
문장이 잘 풀리면 웃음이 돋아
쭉쭉 빨아 영혼마저 다 먹어 치울 앞으로의 작정이니

또 몇 번째 등뼈를 뭉개 줄까
　찬물에 만 밥알 한 톨까지 둘러 마셔도 허기가 따
라와

김순분 할머니

물고기 만 마리가 산으로 갔다 하기에 쫓아가 봤어
가파른 뒤를 지고 고등어 같고 가자미 같은 돌무더기만
발에 채더군 어디선가 물소리만 자박자박 들려오더군
무명실 바람만 산등성이를 꿰매고 있더군

처음엔 바람 자루인 줄 알았어 헐렁헐렁하던 말밖에,
물 바랜 몸뻬 차림으로 만어사를 등에 지고 서 계시는
데 내가 올 줄 알았나 봐 윗니 아랫니 없는 웃음으로 쑥
부쟁이라 불러 줘 개망초 늙은이라 불러 줘

외진 골짝에 핀 풀꽃처럼 합죽 웃더니 모르는 사람
아, 반갑다 덥석 내 손을 잡아 주시는데 한자리에서 늙
어 버린 평생과 바람으로 떠도는 평생이 돌무더기에 앉
아 맹물처럼 웃고 또 웃었는데

만어사 부처도 만 마리 물고기도 버리고 사진을 찍었
지 조금 덜 늙은 여자가 흰머리 다복한 여자와 몸을 맞
대니 참, 따뜻하더군 바늘 지나간 자리가 모녀처럼 살가

왔어 몇 번을 뒤돌아봤는데 손을 흔들고 계시더군 무명
실 꾸러미같이 굴러가는 나를 서서히 산 위로 끌어 올
리시더군

낮게 허밍으로

먼 들판으로 넘어진 포플러나무
뿌리째 뽑혀 말라 가며 앓는 시늉을 해
어쩌나 가만히 살랑이던지
더러는 진짜 죽고
더러는 새잎이 돋고

노래가 새어 나와
죽은 뿌리에서 병든 기억이 흘러나와
흉흉한 이야기가 흥얼흥얼 흘러나와
그래서 집 안에는 포플러를 심으려 하지 않나 봐

사람의 목소리가 아닐 거야, 아닐 거야
열여덟 시름도 다 풀려 버렸지
누가 나무에 들어앉아 날 불러낸다고
포플러 잎사귀를 타고 꼭대기까지 오르려 했어

음악대학과 봉제공장 갈림길에
포플러 잎사귀의 정령들

내 손목 끌어당기네
저 많은 실밥들 언제 다 따내라고
푸른 정령들은 손뼉 치며 노래하며 따라오라 하고
나는 목젖 다 내놓고 울기만 하고

어느 날 문틈으로 보니 그때의 포플러들이 나를 찾으러 들판을 걸어가고 있는 거야

음악대학 담벼락을 돌고, 돌고, 돌고
내가 부른 노래는 노래라 말해질 수 없어
일손을 놔버리고 나무에 기대앉아 석 달 열흘 흘러가 본 적 있어
포플러는 까마득히 넓어지고 높아지고 멀어지다
내 손아귀를 벗어나 버렸어

처녀들의 난 2
—봄밤

이토록 깊을 줄 몰랐어
오색 불빛이 너희들 눈동자에서 빙글빙글 돌아가고
있는 거야,
열일고여덟 처녀애들 가슴이
둥싯둥싯
아흐, 미치겠는 거야
무대 위 여가수의 암팡진 엉덩이보다
백바지 밖으로 미어지는 남가수의 물큰한 허벅지
보다
봄은 얼마나 깊고 비릿한 계곡에서 오기에
몸이 말을 듣지 않는 걸까

출근 도장만 찍어 놓고
먼지 구덩이에서 줄행랑쳐 버렸어
동평화시장 시다바리, 미싱사였지만
수출의 역군이라는데 우리도 우리가 아까웠던 거야
청계천7가에서 정동 방송국까지
길고, 길고, 긴 봄볕이 등줄기에 찰싹 붙어서

악착같은 사장보다 질기게 따라와
가로수 간판 오토바이 자전거에게 아무 말이나 붙여
보았지
광화문 이순신 동상 한 바퀴 공손히 돌아
봄볕 아래 노닥노닥 걸었던 거야

우린 이제 속속들이 다 익은 처녀들
신문 가판대의 간첩 소식에 각하의 얼굴에 선데이서
울에도
돌아가는 세상일 시비 걸고 싶었던 거야
뜯어말려도 소용없는 피 터지는 싸움
쉬쉬, 킥킥, 희번덕희번덕 우리끼리만 통했던 거야
미니스커트 여가수 김추자가 흔들어대던 허벅지도
사실은
몸의 말이야.
불래 말래, 갈래 말래, 너, 죽을래? 하는 따위
그래, 나 오늘 땡땡이쳤다 어쩔래라는 속말 대신
긴 파마머리 여가수를 악악 환호해 좋았던 거야

춤추러 갈까
주눅 든 팔다리 마구 휘저어 볼래
저 빌딩의, 저기 저 남산의, 저 보름달의 높이로
뛰어 올라가 볼래?
봄물이 터져 걷잡을 수 없는 처녀들아
그래, 우리 춤추러 가자

처녀들의 난 3
―스무 살은 끝나지 않았다

스무 살들의 음모가 새벽 탈의실을 치고 들어왔다
노동자의 권리라는 낯선 말
언니는 붉은 머리띠의 전사, 우리의 타는 입술
그럼에도 컨베이어 벨트 앞에서는
불량이 날까 봐 야간에도 눈을 부릅떠야 했다
휴식 공간과 야근 수당 생리 월차가 주어진다 해
노동조합 가입 신청서에 립스틱 바른 막도장을 찍
었다
내가 내 목을 친 양날의 칼이 될 줄 몰랐다

신나 통에 코를 박으면
신나 통에 불을 붙이면
우리 손목은 마른하늘에 날벼락이야
내일이라는 수렁은 몰라야 해
옥상을 점령하고
담요와 라면 코펠 버너 의자 잡동사니를 쌓아 놓고
입구와 퇴로를 막아 버렸다
옥상 밖으로 고개를 내밀었다

나는 뛰어내리지 못했고
너는 불을 지르지 못했다
전사 언니는 코빼기도 뵈질 않았다
핏줄 터진 눈동자는 너만 아니었으므로
옥상이라는 이 바닥이 너무 무서웠으므로
사흘 낮밤 지나 우리는 우리를 열어야 했다
사당동 태림전자 주먹 불끈 처녀들
투쟁은 실패였다

전사였던 언니가 우리를 팔아넘기고 튀었다
우리는 몽땅 해고되었다
눈 감고 읽고 졸며 읽고 밑줄 그어 가며 읊조리던
영어 단어장과 시 나부랭이와 교과서 따위
책상머리 슬픔에 눈물도 흐르지 않았다
굽 높은 구두, 플레어스커트, 긴 생머리를 잃은
스무 살들의 뒷모습
처녀들의 영혼은 타다 말고 꺼져 버렸다

꽃다운 나이를 잊으려 우리는 더 꽃답게 피어나야
했다

버티컬 세상

하나님 옆에 부처님 한 칸 건너 천주님 롤러스케이
트 옆에 노숙자 무리 그 옆에 춤추는 맨발들 쌈지 속 동
전처럼 요란하지만 싸우지 않는다 미쳤다, 미쳤다 오줌
이 튀어도 눈 흘기지 않는다 꽹과리 옆에서 찬송가 옆에
서 도道를 밀매하면서 하늘땅도 쪼개어 나누어 먹는다
뛰어놀기 좋은 부산역 광장 지나가던 배낭족들 박수를
친다

한 손가락으로 물구나무서는 아이 훌러덩 벗겨먹기
폭발 직전의 머리를 이고 뛰쳐나온 광장에서 유럽행 공
짜 기차를 기다려 사지 쫙쫙 찢어 가며 쑥대머리로 기
다려 조사 부사 생략하듯 경중경중 철로 건너뛰기 나잇
값 해 보려고 엉덩이로 이름 쓰기 아, 아 창문 없는 광장
벽이 없는 광장 두 옥타브쯤 높게 웃음을 매달아

햇빛염불 햇빛고해성사 햇빛주기도문 오리고 찢어
나눠 덮는 햇빛이불 개털보다 질이 좋아 사이좋게 나눠
덮어 시베리아행 공짜 기차 기다리는 빈털터리들 심심

해지면 발목 문드러지도록 햇빛은총 찬양하지 우유 하
나 훔쳐 먹고 꼭꼭 숨어라 한통속의 광장 광장은 넓다
마누라에게 붙잡힐라 햇빛바람에 이혼 서류 날아갈라
빨래집게 꽉 물려라

삼각우유를 추억하다

처음 맛보았던 거야
세모꼴에 담으니 세모 맛 자본주의
창문 없는 공장에서 누렇게 들떠 가는 얼굴보다 더
뽀얗고 밍밍하고 비릿한 세모꼴 자본주의 맛
우유를 많이 먹은 탓인지 사장 얼굴은 늘 창백했고
그의 절름발이 부인
한쪽 구석에서 말없이 실밥만 따곤 하는데
나날이 핼쑥해 가는 아이들 낯빛에서 무슨 병을 읽었을까
오후 4시쯤이면 우리를 앉혀 놓고
우유와 빵을 먹였던 거야
욕도 야단도 친 적 없어
함부로 놀려 먹을 수 없도록 점잖은 거야

무슨 심사였을까
창문 하나 없는 평화시장 마름모꼴 공장
먼지와 환풍기 소음과 희멀건 형광등 아래
열댓 살에 벌써 싹수가 노리끼리한 아이들에게
미안했을까 불쌍했을까

몰랐던 거야

그렇지만 삼각우유를 받아 드는 오후 4시면

가슴 한쪽 짜릿짜릿 전류가 흐르는 거야

우리에게도 고맙고 미안해해야 하는 작은 사람이었
다는 것을

알 듯 모를 듯 가슴이 뛰었던 거야

색색 무늬 원단을 펼치고 겹치고 쌓아

돌아가는 재단기 밑에서 먼지가 색색색 피어올라

콧물 재채기 연방 터지고 미싱사 언니들은 용각산을
털어 넣는다

목구멍이 그깟 한 스푼 분말로 조용하겠나

먼지는

뇌리에까지 박혀

알레르기 수십 년째 꽃피는 몸이라

목욕탕에서건 어디에서건 세모꼴의 추억 귀찮게 따
라다닌다

1989. 3. 노동문학 창간호에 대한 보고서

13페이지는 뜯겨 나갔다

창간 기념 시 김지하의 「저 풀꽃 속에서도」는 꽃자리
도 함께 뜯겨 나갔다

구로공단 열여섯 살 시다에게, 피혁 노동자에게, 용접
공에게, 겹겹의 꽃향기 속에

빛 소굴인 저 풀꽃 속에서 노무현 그 사람이 「매 맞는
노동자의 희망」을 외치고 있다

시간은 책 속에서 빛바랬지만 젊디젊은 박원순의 얼
굴이 김근태, 노무현, 이오덕 선생이 핏대를 세워 꽐 꽐
꽐 꽐 외치고 있다

맑은 영혼이 사람됨의 완성임을 증명하고 있다

탄광 속에 매몰되었던 광부 두 명이 아흐레 만에 구
조된 소식을 듣는 2022년 어느 아침

1989년 3월판 노동문학 창간호

폐지 줍는 노인에게서 오천 원에 사들였다

늙은 수레에 실려 노동의 역사가 주먹 불끈 거리를
지나는데

아뿔싸, 내 몸이 노동을 기억해낸 것이다
표지에는 단발머리 소녀가 왼손으로 턱을 괸 채 자운
영 꽃밭에 서 있다
청계피복, 꼭 그때의 나 같은 여자아이가

내 손보다 훨씬 컸던 재단 가위로 자투리 헝겊을 오
리고 있었다
즐거운 놀이로만 알았던 세상, 평화, 평화시장
큰 손바닥이 내 뺨을 한 대 갈겼던가
노동이란 뼈아픈 이력을 저 풀꽃 속에 숨겨 버렸다

책을 버린 사람도 노동자였을까
문학이라는 폐광산
폐지 줍는 노인 수레에 슬쩍 던져 놓고
노동에서 몸이 분리된 채 연기로 사라졌을까

'특별 발굴 장시' 16연 220행의 「막장에서 부는 바람」
1987년 7~8월 노동자 대투쟁 때 분신 자살한 강원탄

광 탄부 성완희 씨를 기린 노동자 이청리 시인, 검은 막장, 검은 먼지, 검은 기침, 검은 각혈을 내뿜으며 빛의 세상을 향해 쏟아내는 시인의 항변이 36여 년 만에 내 손으로 건너왔다

지하 190미터 갱도에서 221시간 만에 구조되어 어젯밤 살아 돌아온 그 광부는 아니시겠지

건축 노동자 김용만의 시 "어찌 니 앞에 내 가난을 부끄럽다 하고/오늘 내 노동을 부끄럽다 하리" 너무 일찍 부끄러움을 알아 지금도 부끄러움밖에 모를 것 같은 구로노동자문학학교 학생 윤동주를 떠올린다

서른두 살의 농촌 총각 고재종 시인의 "시래기 한 줌 박고지 한 줌/장에 내다 파는 어머니/이고 가시는 저 하늘/삭풍에 잘 닦인 청청한 항변 같다" 그때나 지금이나 흙에 묻혀 살아도 빛나는 시인이다

미싱 돌리는 여성 노동자들 속에 지식인 강은교, 고형

렬, 윤구병, 김홍신, 고은이 함께

맹아학교 자원봉사자 정현희의 코끝 시린 산문이
『거꾸로 읽는 세계사』의 유시민과 함께

14년 거듭되는 해고에도 거침없는 박선자 편직공의
소설이 시인 김창복과 함께

노동자 출신 작가 정호진과 '겨울 속의 풀뿌리' 김근
태 민주운동가가 함께

각자의 처지가 절박해서 어깨를 내어 주고 둘러앉은
사람, 사람들

죽었거나, 혹은 열심히 늙어 가거나 불의에 저항하는 펜
과 노동으로 단련된 근육과 등뼈, 진실이 왜곡된 어두운 곳
에서 지금도 노동자들의 고됨과 고통을 떠받치고 계시리

절망의 꽃이 만발했을 시절 지나
나는
폐지 줍는 노인은
뜯겨 나간 13페이지는
노동문학 창간호 40여 년 끌어안았던 책의 주인은

노동자인 자화상을 어느 벽에 걸어 두고 캄캄하게 살아온 것일까

2부

꽃은 어미의 배를 가르고 나온

모진 슬픔이야

귀뚜라미가 울지 않으려고 웃는 시월의 밤

불 꺼진 창문 한 귀퉁이 접어
주머니에 넣고 돌아섰다
검은 침묵은 따뜻하고 말랑했다
없는 네가
슬그머니 내 주머니로 들어온 것 같았다

멀었니
내가 비켜서면 환해지겠니
울지 않으려 안간힘으로 웃는 밤
긴 다리를 계단에 걸쳐 놓고 기다리는데
어둠이 찬란히 만져지는데
한 자루의 흐느낌도 꺼 버리고
그래도 붉은 심장
또르륵,또륵 잘리길 기도하는데

울음의 뼈
한번 뜨거웠으니
한번은 식혀야 단단해지지 않겠니

입동 무렵

상수리나무와 나무들 사이

해는 종잇장처럼 얇아졌다

빈 거미줄에도 음영이 생겨서인지

빛은 이리저리 꺾이다 휘어지다 지금

거미집 모서리에서 눈부시게 서늘하다

허공을 깁는 기술 하나가 생生의 전부

집주인의 긴 발이 자꾸 눈에 밟힌다

우리 동네 수선집 여자의 바느질 솜씨와 견줄 만했
는데
재봉틀 하나의 옹색함으로도 잘 웃는 여자
갈수록 몸이 쪼그라들어

저러다 재봉틀 아래로 굴러떨어지면 어쩌나
동네 사람의 덧댄 말로 꿰매지는 여자

빛이 닿지 못하는 곳이 늘어나자

나무도 스스로 알아서 제 몸의 저수지를 닫는다

빈 가지들 하늘 깊숙이 파고들어도 시리겠다

겨울 가로질러 위태로울 저 반투명 난간들

지나간 사랑이래도 걸어 둬야 할 것 같아

허공을 쓱쓱 비벼대는 소리에 서둘러 돌아서는 빛의
오후

귀뚜라미가 능골 아래에서 운다는 십이월의 밤

이명이었나 보다
뒤늦게 돌아온 메아리였는가 보다

쇠문에 끼어 또록 또롱 뚝 뚝
석 달 열흘 울다
부러진 정강이뼈 쓿어 올리다
목 쉰 메아리만 돌아왔나 보다

어디에도 닿지 못해
날개는 허물어지고 흩어지고
엿듣는 귀 하나 남아

곡曲에서 곡哭까지
골목 이 끝에서 저기 찬란한 북극성까지
떠돌던 것들은 죽어 유령이 된다는데
제 삭신을 거두어 간다는데

흐느낌 후럼 후럼 흘러

모퉁이 돌아 마지막 소리빛 꺼 버린다

귓속 검은 동굴 지나
불현듯 뒤를 돌아봐
고통에게 기대어서 울림이 맑아

싸그락싸그락
언 벽을 쳐대며 싸락눈 온다

늦여름에

흙이 들고 일어나
시멘트 바닥을 갈라 놓았다
여름의 틈으로
풀이 웃자라
골목이 빽빽해졌다
아이들의 아우성도 우악스러워졌다

주인 없어 공터라
벌레와 함께 고추를 딴다
사이좋게 서로를 뜯어 먹는다
무당벌레 홍줄노린재 콩벌레 지네 꽃등에 그리마 지
렁이…
동네는 벌레 백과사전이다
건너편 이층집 충청도 여자는 창문을 열고
소독차를 불러야 한다 고래고래 내지른다
나는 한더위도 끝물이니 봐주자 막무가내 웃었다

가지꽃 아릿한가

돌아앉아 이 사이에 넣고 깨물었다
풀밭은 더욱 사나워졌고 하늘은 아직 식지 않았다
먼 들판이 나를 에워쌌다
시커먼 물체가 풀숲으로 달아난다
제집으로 돌아가는 발 빠른 짐승이다
시간이 조금씩 당겨지더니 어둠이 빨리 찾아왔다

황간역에서

자손이 많아 꽃아 좋겠다
금방 만나고 또 만나 꽃아 좋겠다

보따리에서 들깻잎 냄새가 배어 나왔다
꼭 붙어 앉은 두 여자 조물조물 입을 놀린다
모녀인 듯 자매인 듯
다 주고도 모자란 듯
몸에서 몸을 꺼내어 서로 먹여 준다
이 시린 산골 물로 묵은 그리움 씻어내고
산밭 호두나무 흙길 핏줄 그리움으로 채워서 간다

철길 너머 옥수수밭 보는 척한다
오지 않은 기차를 타는 척 보따리를 뒤진다
멀어져야 정이 깊지
꽃에겐 듯 작별을 하고
늙은 여자가 먼저 돌아선다
홀 그림자 역 마당에 세워 두고
깊디깊은 태백산간으로 억척스레 살러 간다

기차는 늦고
지지 않는 여름 때문에 천지가 쓸쓸하다

채송화 봉숭아 맨드라미 역 마당 끝까지 새끼를 쳐
간다

쌔그랍다*는 말

야야, 니는 무슨 짓을 해도 이쁜 거 니는 아나
짱배기에 까마구가 집을 짓드락 디비 자고
눈티 밤티 되드락 울어싸도 이쁘다
야야, 이거 다래라 카는 긴데 함 무 바라
억수로 귀한 기라

쌔그랍다꼬?
가스나, 요래 이쁜 말 안즉 쓰고 노는가베
오야 오야 그래, 쫌 쌔그랍제 몸서리쳐 감서 무 보래이
쌔가 깨춤을 추제? 그기 참맛인 기라

얄리 얄리 얄라셩 얄라리 얄라
고려가요 청산별곡 니 국어 시간에 배았다 아이가
거서 나오는 그 다래인 기라
과실 한 쪼가리도 역사가 있다 아이가
딸아, 니는 지금 조상님들의 한가운데를 사뿐히 걸어
가는 기다

머루랑 다래랑 먹고 청산에 살어리 살어리랏다
산에 드가가 나무 열매 따 묵고 청청淸淸하게 살자
껄뱅이라 웃어싸도 멋지다 아이가
그거 아나, 너거 아빠도 그래 살고 싶어 했다
추저분 세상에 발 담그지 말고 쪼매만 묵고 살자
그 맴을 이자 알아 무신 소용이고
우러라 우러라 새여 자고 니러 우러라 새여
널라와 시름한 나도 자고 니러 우리노라

가을빛에 몰캉몰캉 잘 익었데이
니맹키로 예쁜 새댁이가 무슨 짚은 뜻이 있었는가
얄리 얄리 얄라셩 얄라리 얄라
강원도 청정 산꼴짝에 드가 키웠다 카드라
요즘 너거들이야 지 살고 잡은 대로 산다 아이가
얼매나 좋은 세상이고
바바라 야야 니도 퍼뜩 시집가 다래 같은 알라 좀 낳
아도

* 시다, 시름하다.

복숭아나무는 언제나 말이 없고

여덟 개의 발이 거추장스럽다 고뇌하는 거미의 자세
로 뒤틀려 간다
분홍 복사꽃 풀풀 날리던 시절 한 번 없다는 듯
환희의 홑겹에 스민 적 없다는 듯
제 다리 뜯어 먹는 거미처럼 묵은 나뭇가지 잘려 나
간다

허공은 어제보다 더 급격하게 휘어져 있다
마지막 물기 한 점까지 펴 올리면서
밑둥에다 뭔가를 쌓아 가고 있다
새파란 호랑이 눈빛들
밤새 지글거리는 눈 마주친 적 몇 번 있다

사실, 꽃답다 하는 날은 단 며칠뿐

바람이 흩어 버린 향기를 쫓는 고단한 나날로 채워
간다
햇살 한 줄기의 무게에도

고통이 치고 올라와
얼다 녹다 차가움의 두께로 평평해졌다
복숭아나무 나날이 휘어져 간다

여덟 개의 피곤한 다리를 끌고 와
금실 은실을 풀어 죽은 몸뚱이 살려낼지
꽃대궐 꾸며 줄지
반송장 몰골의 여자가 훔쳐보고 있다
버티던 힘줄이 '팅' 터져 버리면 한 방에 날려 먹을 것
같아
손에 잡히는 대로 담을 쌓는 저 여자의 습성
썩고 헐고 곪고 나면 새살이 돋을 거야
꽃은 어미의 배를 가르고 나온 모진 슬픔이야
성에 낀 유리 후후 녹여 가며
그 외의 날들 띄엄띄엄 새기어 간다
나무와 여자를 번갈아 지키느라 허공이 꽝꽝 얼어붙
었다

가죽자반 이야기

눈 쭉 째진 구석기의 사내가 빚어 놓은 돌화살촉 모
양으로 말라 간다
두드리고 갈고 수백 번을 갈아 손의 체온을 얻은 뾰
족돌
돌에 박힌 나뭇잎의 만년 잠을 흔들어 깨운 것이다

동물성 냄새가 진한 택배 상자가 왔는데
돌화살촉 닮은 식물의 정체가 궁금해
코에 대 보고 찢어 보고 쓰다듬었다
소가죽 양가죽만큼 부드러운 질감이다
혓바닥이 많은 식물은 무섭다
꼬리가 났음 직한 부위를 들추는데
낭창낭창 움칠움칠 휘어져도 뼈대는 있다

그래서 풀을 먹였지
동물이었다던 시절을 벗겨내려면
찹쌀풀 한 벌 햇볕 한 벌
대여섯 번 입히고 먹이고

며칠 꼬박 햇볕에 말려야 가죽은 자반이 되지

고생대 백악기 지나 퇴화와 진화, 변종 사이
몸 바꿀 줄 모르는 것들은 모조리 멸종이었으니
한때 가죽을 뒤집어쓰고 살았다 한들 어떠리
다시, 사람의 목구멍으로 기어들어 가겠다 한들 좀
어떠리

장미의 방향

큰 발의 사내가 사라졌다
흙 묻은 작업화를 벗어 두고 갔다

담장 아래 한 켤레의 침묵에는 주인이 없고
고칠 데 많아 심란한 동네에도
붉은 장미는 줄줄이 피어나

꽃 냄새가 징그러워
막걸리라도 한 병 사러 나갔겠지
길을 파 뒤집다가
끝장난 하루를 봐 버렸을지 몰라
불현듯 내일이 떠올라 멀리 달아났을지 몰라

이 동네 조막만 한 것들
가시에 찔렸어도 잘 자라
조막만 한 발을 삿대처럼 휘저으며 흩어졌지
산뜻산뜻 골목을 잊었겠지
돌아서기 무섭게 새살 돋는 나이

모르는 담장 올려다보며 무릎 환부를 매만지겠지

바람 없는 날에도 헌 지붕은 들썩거리고
사람보다 더 독하게 붙어사는 장미
늙었으나 새록새록 새잎이야
고칠 데가 경부선만큼 길어져도 그냥 살지
차일피일차일피일
겹겹의 가시에
못 이기는 척 살지

벼라별 것들은 정말 별이 되었다

집시들의 치마폭에는 유령이 숨어 산다지
묘지에서 밥 먹고 집시를 낳고
빈 병을 주워 들이고 내다 팔면서
깨진 화분만 보면 꽃을 심는다 그랬다는데
검은 창문 안쪽의 검은 실루엣
무서웠겠다, 밤하늘 별자리로 옮겨 앉았대도
집을 버리고 싶어 집 같은 건 영원히 갖고 싶지 않아
딱 한 철만 잡풀로 살다 가겠다 노래 불렀는데
저기, 조명이 깨진 오페라 한 대목

벼라별 노래 벼라별 소문 벼라별 것들은 정말 별이 되
었다
겨울 골목에는 그래도 사람밖에 필 것 없다는데
제 노래를 거두어 무리들 떠나 버렸다
쓰러진 자전거
꼭 취한 사람 같다

철거, 철거, 공가, 공가

붉은 획, 획들
붉은 엑스, 엑스 마크들
바람에 휘날리는 팔다리들 같다
걷어 들이지 않은 늙은이의 넋두리 같다
밤에 휘파람을 불면 애인이 나온다는데
놀란 달빛만 털썩털썩 주저앉는다
집, 집들이 사람처럼 운다

컵라면과 나무젓가락

캐리어는 마련했으니
천 리든 만 리든 손 흔들며 떠나 주리라

그인지 그녀인지
죽었는지 죽은 척인지
늙음인지 그렇지 않음인지
사물인지 짐승인지
그런 그 앞에
제삿밥인가
컵라면과 나무젓가락

동전 몇 개와 초코파이 모로 좌로 엎어진 슬리퍼
신전의 빛이 꺼지면 저래 몹쓸 기억이 지워지려고 저래

국적 불명의 디오게네스
중앙동 지하도로 구겨 넣은 최후
솜이불 한 뭉치쯤의 몸피
철사 다발처럼 엉킨 머리카락, 순간

천 근의 머리가 어깨에서 미끄러진다
새벽 기차를 놓친 꿈이었는지
놀란 고개를 쳐드는구나 싶은데
눈이 딱 마주치고 말았다

손쉬운 바다

바다 보러 간다
집 앞이 수평선 전철역
바다 없는 지역 사람은 어디에서 연애를 하나
술은 또 어디로 가서 퍼마시나
울고불고 싶을 땐 어디에 숨어 고래감 치며 우나
파도를 붙잡고 엎어치기 메치기 하는 저 애들 수작을
봐봐

바다의 시간은 잴 수 없어
수십 년 된 근심에 싸인 얼굴이라고
오랜만에 만난 사람이 이물질인 듯 떼어 주려 했으나
떠밀려 온 미역 줄기를 주워 내려는 듯 손을 뻗었으나
그 앞에서 슬쩍 얼굴을 치웠다

오늘 바다는 유리 한 장 눌러 놓은 것 같다
아무 짓도 하지 않았는데 삼십 미터 파도가 나를 덮쳐
순전히 바다의 일이라 떠넘겨도 되는
오늘 같은 아무렴

쓴물 올라오는 속병도 고칠 수 있으려나
손바닥 한가득 바다를 퍼 올린다

모래 한 알을 위해 물결도 애쓴다
고등어 갈치 병어 새끼 받아다 난전을 펼쳐 볼까
다 늙은 행색으로 방파제에 앉아
뜨개바늘로 가자미 코를 걸어 요리조리 팔아 볼까
궁리 밖으로 슬쩍 발을 내밀어 보는데
오늘 바다, 알아들을 수 없는 말을 한다

나무 되기 연습

주먹다짐 아닌 주먹으로 인사 나눈다는 말은
인디언 부족에게서 흘러나온 말

지구를 휩쓰는 대유행은
오동잎사귀 뜯어 마스크 만들기
빗소리를 꿰어 바느질하기
올여름 빗줄기는 너무 거칠어
바늘구멍으로 들어가질 않아 애를 먹었네

초저녁이면 나무 유령이 어슬렁거린다는 소문
동네방네 내 손 내놔 내 다리 내놔라
어둡기 전 문 잠그고 입을 봉하고 들어앉아야 하는
재채기 한 방이면 끝장이라는 전법에
몸에 밴 침묵으로 살아남는 전술
혹시, 거꾸로 돌고 돌겠다는 지구의 전언일지 모르
겠네

주먹에서 힘을 빼야 하는 시간이네

열대우림 수십만 평 베어지는 오늘의 뉴스
나에게도 미안한 얼굴이 있어야 하네
쉿,
풀잎 한 장도 다치지 말아야 사랑이네

내년 봄에는 기필코 휘파람새 딱새 들의 나무를 되돌
려줄 것이네

없는 사람을 위한 에스프리

냄새로 요약되던 사람이다
주변부의 후각마저 지배하더니
잠들다 자신의 손가락도 태워 먹은 사람
살 섞으며 사는 그의 여자는 죽을 지경이라 푸념했다

그런 여자를 위해 냄새와 끊을 수 없는 역사적 인물
을 발굴해 주었다
물부리를 든 오드리 헵번
담배인지 연필인지를 물고 있는 버지니아 울프의 캐
리커처를 구해
자기만의 방에서 뭘 했을 거라 생각하느냐
역사적 인물과 담배 사랑을 합리화했다

담배를 물고 있는 해골* 좀 봐라
오호라, 죽음을 통과해도 살아남은 영토가 있군
그런데 죽음의 한 연구**는 죽은 후에도 여전히 풀리
지 않을 것이야
오만 작가가 다 달려들어 전전긍긍하겠군

몇 겁 흘러서 되살아나 가슴을 쾅쾅 치게 만들겠군

당신께 더 골똘할 터이니 담배를 다오
10호 붓처럼 손에 쥐고만 있을 터이니 좀 다오
휠체어 병실 매트리스 양말 속에서도 풀리지 않는
몸은 지독한 연구소

죽지 않을 터이니 다오
죽음이라는 고통을 잊게 꽁초라도 다오
희고 길고 가느다란 손가락을 잡아 주었다
담배
몸의 일부가 되어 버렸다
최후의 불을 당겼다

그가 없는 방 안을 냄새가 돌아다닌다
서랍에 옷장에 액자 뒤에 침대 귀퉁이에서 다투어 튀
어나온다
밤잠 없던 그 대신 장초가 꽁초가 라이터가

뜯지도 않은 담배가 그의 육체처럼

3부
넝쿨 덤불이 슬어 놓은 거짓말

비누의 나날

날 가르치려 드네
오장육부도 없는 것이
혓바닥을 요래요래 돌려 가면서
거울 앞에 날 세워 놓고 꾸짖기까지 하네
오지선다형으로
열 개의 문항으로
주관식으로 점점 꼬아 가면서
뇌 주름 속속들이 헹구라
두 손 싹싹 비벼라 윽박지르네
비누의 사상은 잃어버린 어제의 지갑
어디까지 부풀다 꺼지는지 보자는 헛생각의 쓸모

문지르다 보면 내가 점점 얄팍해질 것 같아
남아날 게 없을 것 같아
게거품 팍팍 일으키며
그러니 그만, 손 씻으시라
내 생각 따위 아무것도 아니라는 듯
세면대 구석으로 스스로 처박혀 버리네

떼굴떼굴 홍옥

요까짓 것
껍질 벗길 생각 말고
벗긴 껍질로 동네 한 바퀴 돌릴 생각 말고
엎어 버린 딸의 책상 치워 줄 궁리 말고
찔끔찔끔 눈물 나도록 갈겨 봤으면 애태우지 말고

눈 번쩍 뜬 심학규 씨처럼 입에 침이 돌았다
주제를 모르는 아비
얼마나 갑갑했으면 딸을 팔아먹었을까
겨를 없이
덥석

실업 급여도 받아 온 적 없는데
다시 실업자 되고
그래 인당수에라도 등 떠밀어 줄게
너만의 연꽃을 피워야 할 때 넘지 않았니
딸아, 오천 원어치의 사과나 받아라
까르르까르르 이제 그만 목젖을 열어 다오

새치름해지는 눈

쏟아지는 붉은 탄성

흠흠, 츱츱 군침을 삼켰다가

눈 번쩍 뜬 학규 씨는 딸의 첫 얼굴을 보고 미안타 했을까

덥석, 깨무는데

오줌보가 터질 것 같은지 손사래 친다

책상 아래는 숨을 곳이 못돼 구르다 말고 쌜쭉 웃는, 딸

딸님,

향기폭죽 붉은 달님

귀뚜라미가 웃지 않으려고 우는 구월의 밤

지상에서 딱 한 가지만 훔쳐 오라 한다면
겁도 없네 혀를 찬다 하더라도
귓속 가득 채워 갈 수 있다면

골똘똘…
귀뚤뚤…

귀만 떼어 허공에 걸어 둔 밤이네
고요를 듣느라 앉았다 누웠다
몇 날 며칠 불빛도 꺼 버렸네

사실, 내 늑골 마디에도 쇠톱 한 자루 박혀 있는데
이를 악물고 잊은 오래전의 일인데
불현듯 떠오른 노래로 온몸이 쓰라려 오네

골목 가득 가을이네
울음이라는 곡曲이 빛을 발하네
찌르륵 찌르륵 ㅉㅉㅉㅉㅉㅅ

사실, 놀란 별들이 후드득 쏟아지는 소리라네

천리만리 떠돌이 몸
검은 유리창을 기웃거리네
풀잎 화관을 쓰고 옆구리를 비비적비비적거리는데
소리에는 지붕이 없네
벽이 없네
들판이 집이라 노래하는데 울림이 맑네

슬픔을 모르는 더듬이 하나
내 늑골을 툭 치고 창문 아래로 빠져나가는 밤이네

거기, 폐곡선으로 남아

착오로 낳은 팔삭둥이들이래
참말이라 외치는 헛바닥들이래
칼집에 꽂으려다 영혼을 베인 칼날이래
우 우 우 우 바람에게 쏟아붓는 항변들이래
초록초록 나부껴도 나무의 탄식은 믿지 않는대

닿는 찰나 빛으로 출렁이는 것과
반사된 빛으로 눈멀어 버린 자들이 저기 모여서 산대

건들건들하고 울렁울렁했겠지
잡히는 대로 집어 던지고 뛰쳐나갔겠지
팔차선 건너 저 너머에 잿빛 윤곽 설핏 보이지
신호등도 버스 정류소도 없는 저기가 거기래

믿어지지 않겠지만 갇혀서들 산대
마늘 쑥만 먹고살았다는 곰 이야기는 그냥 전설이
지만
수몰 지구처럼 가라앉아 있대

잘못 맞춘 시간의 퍼즐

견딜 수 없음을 견딜 수 없어 해

아침 먹고 또 아침 먹고 골백번 아침을 비워야 한대

기억의 퍼즐은 화살이 꽂히는 방향이래

진실은 벗겨지고 찢어지고 헐고 너덜너덜해진 입술

포플러 줄줄이 사열한 저 뒤가 거기래

초록 바람 선율이 형벌이래

여름 여름 여름 여름만 지치도록 맴돌았는데 아직 여
름이래

죽음을 가르쳐 준 교과서

온갖 풍상 다 겪고 온갖 죽음 다 보고 이제 울 일도
화낼 일도 없다던 저
　늙은이의 고함을 이해하지 못한다. 귀를 막는 나는
그런 나이다

제 죽음을 위한 장송곡
사람동물에게 들려 주는 마지막 선물

우리 집 18세 페코는 백세 상노인
허리 굽고 털 빠지더니
앞뒤 발 휘어져 비틀비틀한다
치아 빠지고 뒤틀리고 벌어져
쥐생원마냥 하관이 좁아졌다
씹기도 삼키기도 귀찮아
먹은 자리에 뱉어 버리는 심술첨지다
오래 쓴 수세미처럼
몇십 년 처박아 둔 털목도리처럼 거칠다
사랑스런 구박덩이 눈치구덩이

이 방 저 방에 똥오줌 다 싸고
새끼 낳아 본 적 없는 뱃가죽
기분 좋은 이야~~옹
대답하기 싫은 야옹
영판 사람 늙은 꼴이다
죽음문 통과하려는지 착, 까부라져 있다

꺼이옹 꺼이옹 식구들아 잘 먹고 잘 자고 똥 잘 싸면
서 잘 살아라 꾹꾹이 안 해 준다 잔소리 없다 함부로 살
지 마라 몸 껍데기 뒤치다꺼리해 줘 고맙다 하는 속엣말
니야옹 이냐아옹

죽음을 오래 쓰다듬었다

비

비 오는 날 마당을 쓴다
마음을 씻어 보려고
마음이 헤프니 구석구석 잘도 쓸려 나간다
찌꺼기들과 한통속
하수구 생쥐와도 한통속
비설거지한다

비, 받아라 비 받아
세상이 양동이처럼 뒤집혀지길 원해
룰루랄라 빗줄기를 붙잡고
원스텝 투스텝
머리카락 올올이 빗방울 댄스

불협화음이어서 좋아
비를 편애하는 오늘의 하늘이 좋아
천둥 번개가 뼛속까지 찾아오고
물마당 점 점 높아만 지네
황톳물에 휩쓸려

리듬을 놓치고 휘청거렸네
죽을힘으로 도망치고 말았네
도무지 따라잡을 수 없는 빗줄기가

보수동 헌책방 골목

햇볕 좋은 날의 헌 종이 냄새
헌, 헌, 골목을 쏘다녔다
쓸모없는 것들의
쓸모를 찾아
누볐다 청춘, 그 삐딱했던 자세를 되살려

폐지로 묶인 콧수염들의 문헌
비극으로 마침표 찍은 의문의 사가들
사막과 폐허와 국경을 떠돌다 사라진 무명씨들
밑줄로 요약되다 오늘 다 만났네
동굴처럼 깊어 불빛이 잘 닿지 않는
글귀 말귀 그 더미들 사이 좁다라니 앉았다

철딱서니 없는 나를 위해
중간 페이지 확 뜯어 달아났으니
어리석은 안티고네는 왜곡을 몰랐으니
아직 오독의 정점을 맴돌아 나는 당연하다

손때와 분노 침과 욕설로 수명이 다해 가는 박땡땡 씨
표지 안쪽에서 눈빛만 살아 있다
의문형 페이지가 남았거든
옹고집 처녀와 화해하려거든 자주 들르시라
골목골목 쓸고 다니던 나팔바지는 한물갔으니
삐딱한 추억이래도 곱씹어 보시라
전쟁 통에는 책도 역사도 이데올로기도 거래가 됐지
그때는 뭐든 팔면 돈이 됐지
전쟁의 언저리가 심심하면 튀어나와
아테네 학당으로 간판을 바꿔 달았다고
책방 주인은 이 대째 이어 온 가업을 자랑한다

금빛 퀼트가 걸려 있는 거리

사는 것도 지겹고
방에 틀어박혀 있는 것도 지겹고
외로움도 이골이 나고

밥은 먹고 산다면서
크게 다치지는 않았다는 듯 수줍으시다

실오라기 몸뚱이지만 의지하고 살지
한 푼 버는 재미
그 관성으로 늙었으니

큰 산 하나를 옮겨 본다는 심정이신지

수레를 끌고 간다
수레에 끌려간다

우수수 쏟아지는 폐지, 아니 한 잎 두 잎
아니 한 푼, 두 푼

몸의 바깥으로 나동그라졌으나
죽어도 바스라지지 않는
참, 괴상한 몸뚱어리라
남의 손 빌리자니 미안했던지
울상인데 웃는 상이다

간혹, 태풍의 그림자로 와서

그 나무는 언제나 거기 있다
우두커니 꽃 피우고
우두커니 시절을 접는다

태풍이 온단다, 마른 태풍이
이렇게 커다란 일렁임으로
이렇게 커다란 근심으로
우지끈 찢겨 나가는 일생
창밖은 매일매일 휘어지는 절기
나무와 함께 무참히 쪼개지는 방

마른바람이 들고 일어나
거울 속까지 테이프로 붙여 놓고
일그러진 웃음을 짜맞춰 놓고
본다 바람 소리
갈기갈기 뜯겨 나가는 머리카락
빗발치는 유리창의 아우성
천리만리 달아난 잠

하룻밤의 집요한 흔들림으로 눈앞이 사라진다면 지
금 창밖의 우두커니는 지도에 없는 고대 도시의 신전일
수 있지 눈먼 자의 손에서 덜컹대는 문고리처럼 바람을
뚫거나 바람에게 뚫리거나

홑이불로 둘둘 말아 둘 것은 말아 두고
호오이호오이 눈먼 자의 외침을 귀 기울여 들을게
바람이 어디로 사라지는지 지켜볼게
좁은 방 안 눌러산 흔적들 지워 줄게
회오리 달빛
회오리 구름

수정동 산복도로

능소화 물결이다
층층이 꽃불로 솟구쳐 오른다
하나 열 백… 계단은 끝이 보이지 않고
떨어진 꽃을 줍다 산복도로까지 올라왔다
가파른 바다 여기까지다

집은 집이라는 이름만으로도 평화로워
삐딱한 대문들도 믿음직하다
낡아 갈수록 배반을 모르는 문패
수직 골목을 떠받치는 고요
능소화 여기까지다

저기 저 꼭대기에 살아
꽃의 발자국 같은 것이 사람에게서 흘러나와
모르는 집 담장에 몸을 기댄다
달궈진 한낮의 온기 아니어도 생은 따듯해
갈매기들의 하늘 여기까지다

딸깍 딸깍 수정이 켜진다
가라앉은 고요의 수심을 휘저으며
슬리퍼 끄는 소리와 화장실 물 내리는 소리
창문마다 울음 터진 아이 웃음 터진 아이
땀 냄새가 먼저 당도하고 다음이 거친 호흡이다
따개비처럼 붙어살아 객지래도 따뜻하다, 비릿하다

산복도로에서 바다 건너까지 도깨비불이 뛰어다니
는 수정동의 밤

그런 방 한 칸

무덤의 깊이로 내 마음
을 파내서
너를, 꺼내 버려야 하겠다

두 손 두 발로 빌고 생떼도 써 보고
딱 한 철만 더 살아 달라는 애원을 저버린
너를

바위인 듯
꽃인 듯
포개 살다
너에게서 빠져나오는 길 잃어버렸다

상한 기억의 향기는 저승까지 따라간다 하기에
헌 신발 두 짝 불 위에 올려 주니
한껏 살던 지상이라 오롯이 타오르네

한 허물에 두 몸

하늘이 제 몫이라 데려가 버리네
그래서 행여 못 돌아올까 봐
대문 열어 놓고
조등 거둬들이니
차진 어둠이 바닥을 치고 오른다

소리가 흘러가는 방향

풀벌레가 쩌렁쩌렁 울어 무수히 별이 진다 갈참나무
둔덕 위 오로라는 엿볼 게 많아 손등을 꼬집어 보았지
만 꿈은 아니다 별의 발가락은 줄톱처럼 날카로웠다 손
내밀지 마라 평생 너의 머리맡을 맴돌 우주일 것이다 별
은 제 몸에서 발아된 빛에 찔려 가면서 비비적비비적 풀
을 붙잡고 운다

누가 더 긴 울음을 지녔는지 뫼비우스의 띠처럼 뒤척
이는 밤 바닥에 귀를 대면 돌아누워 하늘에 귀를 대면
천지간이 환해지는 밤 넝쿨 덤불이 불 불 불 일어서는
몇백 광년 전 별이었을 것이다

낫으로나 베어지는 이렇게 질긴 식물 소여물로나 쓸
까 소가 없으니 칡꽃 혼자 문드러지고

몇백 광년 잠에서 깨이면 별의 허물에서 날개가 돋아
있을 거야 덤불의 겨드랑이를 쓱쓱 비벼대면 세상의 폐
허가 노래로 가득할 거야

물병자리 별은 북쪽으로 더 기울었다 잎잎이 추위 들었다 별도 풀벌레도 한꺼번에 죽어 버린 아침 천지간에 기댈 것 없던 목멤도 사라졌다 두 발을 비비적거렸지만 꿈이 아니다 나를 끌고 다니던 오로라 차갑고 삐죽하고 딱딱해져 뒹구는 공터 어젯밤 동네 여자가 몰래 쓰레기를 내다 버린 공터 그따위들만 수북한 공터

휘 휘 휘 휘 귓속이 운다 속수무책 우거졌던 넝쿨 덤불이 슬어 놓은 거짓말

코리아는 온통 코로나

신문지 한 장으로 다 감쌀 수 있는 게 인생, 그런 법률은 어디 없나 어두워야 불이 드는 저 등대의, 저 빌딩의, 저 높이의 불빛 말고 온몸 서서히 달궈지는 그런 촛불 어디 없나 가래 낀 목소리가 신문지를 바닥에 펴내 봄이어서 더 차가운 바다 얼굴을 덮고 오늘이라는 기억을 지우려나 보네 아픔의 겹이 너무 많아 숨이 쉬어지지 않는 그런 오늘들 부산역 계단 귀퉁이 자신들만의 부호를 뒷주머니에 찔러 넣고 의심의 눈초리를 접는

그래도 마스크는 희디희어서 아차, 창백한 저항인가 했는데

누가 언제 어디서의 육하원칙쯤 건너뛰자는 약속인가 보네 신문지 하단의 줄줄이 비슷해져 가는 낯짝들 짝짝이 신발들 엉클어진 머리카락으로 불쑥 내미는 손모가지들 캐리어를 끌고 에스컬레이터에서 올라온 아가씨 앞에서 헤이, 이런 추위는 처음이야 얼굴색이 다른 흥거운 휘파람 아프리카 오대양을 누비고 돌아와 천연

덕스럽게 노숙의 그림자 옆에 자리 잡은 국적 불명의 마
스크들 역전에서는 국적도 나이도 성별도 서로 몰라주
는 예의 자신의 얼굴도 잊어버려 다행인 듯 몸에 맞는
신문지를 줍고 다시 버린다 칵, 노란 기침을 뱉어내는 반
쪽의 얼굴, 얼굴들

　광장의 비둘기는 코로나가 없다 마스크가 없다

헝겊 인형

새벽 찬물로 입안을 헹구고
잠 깨지 않게 어둠을 더듬어 식구 얼굴을 보고
조상의 두개골과 정강이뼈와 순록 털외투
부족의 마지막 전통을 전하러 국경을 넘어왔다

배곯는 일은 이골이 났고
오줌 바른 털외투 너덜너덜해졌으나
견딤은 부족의 오랜 전통
바이칼이 담겨진 검은 비닐은 절대 열지 않을 것이다

꼬마의 손에서 알사탕 하나가 건너왔다
보잘것없는 선심이지만
복채를 밀어내면 화禍는 내 무릎으로 떨어질 것이다
꼬마 덕분에 오늘, 유리 마천루도 무사할 것이다

돼, 돼 손바닥 침점을 봐 준다
유리 도시를 더욱 빛나게 하는 이 더러움의 정체
아이는 꽃인 양 들여다본다

주술 섞인 문장 대신
꼬마의 손에 다시 알사탕 두 개를 쥐어 주었다

시베리아를 바이칼을 백두를 넘어
한 시절의 유목, 이 또한
별자리를 따라와 게르를 펼치는 일일 뿐

4부

햇볕염불 햇볕고해성사

햇볕주기도문이 필요해

황해도 해주 여자

에이, 문디 산아
에이 몹쓸 바다야
돌아앉아 그리 욕하는 날이 있지만서도
우야겠노, 피난 와 평상 바다만 캐 묵고 살았다 아이가
이자 여그 자갈치가 고향인 기라

새

여름은
해가 솟는 쪽에서 날아왔다
새소리로 푸르러진 잎들 짙어 간다

작은 발가락으로 나뭇가지에 내려앉는 새
한 호흡도 흐트러짐 없다
어떤 파열음도
불꽃도
일으키지 않는다

새를 따라 해 보려고
두 팔을 허공으로 쭉 뻗었다
넝쿨풀에 나무에 그 너머에 손가락을 걸쳐 봤다
힘줄과 힘줄이 맞닿아 맥박이 뛴다
식물들의 체온
벌레들의 체온으로
대지의 아침이 달아오른다

새
해를 뚫고 날아갔다
푸른 것 한 잎을 물고
무한 극점을 향하여 사라졌을 때
흠칫, 흔들린 것은 푸른 가지가 아니라 나였다
텃밭으로 여름이 우거져 간다

짐승의 발바닥은 진달래 꽃빛을 닮아

산맥은커녕
진달래는커녕
빌어먹자, 빌어먹자 온다

터럭 올올이 천지 바람
고양잇과 맹수의
배곯은 울음
어미 아비를 잃고
큰 산 어둠 까마득히 잊어 볼까 온다

무덤가 쥐 소굴 내놓으라
지네 내어놓으라, 토끼 내어놓으라
작은 대가리로 비벼대던 아름드리 적막

아파트가 치고 올라왔기 때문에
콜타르, 매연 즈려밟고 온다
후미진 담장이나 슬그머니 넘나들면서
놀이터 담벼락에 꽃오줌 화악 끼얹는다

사람 손을 타서 이래
보리 가시랭이 털로 칭얼거리다
배를 까뒤집고 주린 젖살 보여 주곤 하는데
입장이라는 것은 입 밖으로 꺼내 놓을 수 없는
참, 씁쓸한 침묵

집 잃은 슬픔이 이만하랴
칠부 능선 산허리를 토해 가며
불빛 점점 가라앉는 산 아래 창문 아래
운다, 토막 울음이다
짓이겨 놓은 진달래처럼 참, 사나운 몰골이다

배춧잎 문장

재래시장을 통째로 사들이고 싶어
해남으로 대관령으로 쏘다니던 풋내기 시절
한 아름 푸지게 끌어안고 맨얼굴 비비고 싶어
배추 파는 여자와 희희낙낙 희뜩희뜩
똥값이래도 흥정하고 싶어

해남 배추 대관령 배추 기장 쪽파 여수 돌산갓 흙냄
새도 참 반가워 청도 미나리 괴산 무 영양 고추 남해 멸
치젓 갯내를 뒤집어쓰고 돌아다녔네 밀양 생강 김제 마
늘 진도 청각 서산 어리굴젓 신안 소금… 한반도가 한
통속으로 비벼진 재래시장 같은 이런 세상을 원해

철철 넘쳐나서
배추 무에게 경배
시퍼러둥둥한 배춧잎 문장을
태산같이 실어 와 앞마당에 부렸다

한남동 시장에서 배춧잎도 주워다 먹었는데

중학생 오빠와 장난인 듯
사람 눈 속일 줄 알았던 깜찍한
끔찍한 유년
배고픈 시절 칼칼하니 살아나는데
그러거나 말거나
기억의 겉잎은 믿을 것 못 되지만
내버릴 것 하나 없고, 내버리기 너무 아까워

시퍼러둥둥하니 다시 황토 벌판으로 달아날 것 같아
칼끝을 옛날로 밀어 넣는다, 신안 왕소금 철 철 철 뿌
린다

고요

보살 혼자 부처를 돌보며 산단다
바람결에 들은 말이다

길이 끊겨
빌 것은 떠올라
계곡 물소리 따라 왼다
지장보살지장보살지장보살…

적막을 깨뜨렸다
아차, 발을 빼려 했으나
늦었다
깨달음이 늘 한 발자국 늦어
대웅전 멀찍이 몸을 돌려세웠다

보살의 화두는 텃밭이었는지
부처를 보러 오는 사람이 있었던지
상추 고추 들깨 가지 모종들
줄 맞춰 참 잘 키웠다

마음 둘레에
의지할 외로움이 아직 남아
산길 열고 서둘러 가자 하는 그림자 두엇

귀뚜라미가 눈동자 속에서 운다는 십일월의 밤

소란스럽던 풀밭도 사라졌는데
잠은 더 멀리 달아나 버려
무성했던 시간 쪽으로 자꾸 눈길이 가서는
가서 돌아올 줄 모른다

원래 풀밭이 없었던 것 아닐까
가을 내내 풀벌레가 나 대신 살다 간 것 아닐까
명치끝 슬픔 이제 만져지지 않아

벌레들이 떠났을 뿐인데
홀로 살아가는 영토가 된 것 같아

없는 문을 열어
소리와 빛을 찾으러 나왔다

검불 반쯤 얼고 반쯤 까부라졌다
살아 보려는 풀의 질긴 힘으로
발목을 찌른다

우는 일이 서러운 것만 아니야
빈터에서의 우두커니도 쓸쓸한 일만은 아니야

검불에 쓸려 밤바람이 따갑다
우묵한 눈동자에 서릿발
뭉개진 눈썹 라인
저기, 유난히 빛나는 긴 소리별
비비비비 빛살 빛살……

우리의 코가 점점 피노키오의 코를 닮아 갈 때

욕심 없이 늙어 버린 영감의 세 가지 소원

그래서 아주 맛있는 소시지 하나 내려 주시길 기도했
는데
그래서 어느 날은 주머니 속의 죄가 다 드러나도록
참말이 눈에 잘 띌 수 있도록
까뒤집어 탈탈 털어내고
거짓말이 딸려 나올 땐 가차 없이
고래 배 속으로 줄행랑치라 시켰는데

한입에 털어 넣을 하찮은 소원을 말해 버리다니
당분간 오, 당분간만
부처의 얼굴에 길고 긴 막대기 코를
예수의 얼굴에도 길고 긴 십자가 코를

그따위 소시지 영감탱이 코에나 붙어 버려라
비웃음이 툭툭 튀어나와
재채기와 딸꾹질과 가려움을 멈추려거든

종아리 걷고 손바닥 내밀어

돈 보따리를 내려 주소서
소시지는 영감 코에 그대로 붙어 있게 하시고
불안 공포 의심의 퇴치용으로

예수의 코를 다시 납작하게 만들려거든
닭 세 번 울기 전
십자가를 더 높이 들어 아멘 하시길 바랍니다

밋밋해진 부처의 코를 간절히 원하시거든
눈 반쯤 내려 감고
코를 잊어버릴 때까지 자신을 잊어버리십시오

의붓어미의 도둑 딸

손자국 새까만 벽이 밥상을 차려 줘 주방으로 마당으로 벽이 하루를 열어 줘 놀아 줘 벽에 부딪혀 이마가 깨지고 돈 잃은 날이지만 짚고 일어설 벽이 없다면

구십팔 세 엄마의 곳간엔 훔쳐낼 게 많아 뒤주 깊숙이 박아 놓은 통장과 집문서 이건 모두 엄마가 등 비비고 살아가는 벽

엄마의 곳간에는 쌀 세 가마 커피믹스 세 박스 고춧가루 다섯 근 유통 기한 지난 식용유 라면 한 상자 저승 갈 때 입고 갈 모시옷 한 벌

잠자기 전 몸뚱어리 위해 기도하는데
아기 다루듯 쓰다듬으며 몸에게 말 거는데
팔뚝아 잘 자라 허벅지야 아프지 말고 자라
머리야 잠 깨지 말고 푹 자거라
어깨야 허리야 궁둥이야 고맙고 또 고맙다
착한 눈아 코야 귀야

푹 자고 내일 아침에 또 만나자
몸뚱이가 신전이 되는 엄마의 시간

어느 날 팔이 쑥 빠져 버린 것 같다
아흔여덟 번째 벽이 팔뚝을 먹어 치운 것 같아
또 어느 날은 발이 땅에 푹푹 빠지는 것 같아
이러다 땅이 몸뚱이를 먹어 치우는 것 아니냐고
하나 둘 하나 둘 벽을 짚고 일어나

햇볕공원

햇볕 백신이라는 이 뜨거운 관념 아래서
기지개를 펴 보니 좋아
오장육부 속속들이 좋아
오이 고추 가지처럼 잘 익어
힘줄이 여름풀처럼 쭉쭉 늘어나 좋아

소나무와 잎 넓은 나무 사이
건너편 벤치에 누운 사람도 몸 뒤집기 한다
태양을 숭배하는 자의 자세로
숯검댕이 분칠이나 한 듯 까맣게 익어
여기가 해발 삼천 하늘로 통하는 잉카인 것 같아

눈부심이 좋아 그 아래 머리 조아릴 수 있어 좋아
삼삼오오의 생각
제각각의 기도
그림자도 겹쳐지지 말도록

키도 눈코도 허리도 두루뭉술해

드디어 나도 낮고 작고 가벼워졌다
그만한 외로움이니 다가오지 마시라
비로소 사람인 것 같으니

안개 커튼은 올올이 풀어지고

한순간 뚝 끊겨 버린 안개 때문에 싸움이 벌어졌다
안개가 딸을 업어 갔다
못난이 남자에게 속았다
안개가 틀니를 훔쳐 갔다
이 탓 저 탓 웃음으로 뭉개지는 산골 마을
안개 커튼은 올올이 풀어지고 젖은 종아리로 어제에
서 있다

안개는 들짐승이다
태생적 외로움을 감추려고 마을 근처를 지나간다
안개가 나를 삼켰다
안개는 고집이 세다
찔린 폐부에서 안개가 새어 나온다
안개와 하나 되어 순순히 휘어지라 했지만
이빨도 발톱도 사나운 안개 때문에
안개 마을에서 도망치려고 열두 시간 비행기를 탄 적
있다

강인한 정념의 활력과 발산

이명원

강인한 정념의 활력과 발산

이명원(문학평론가)

고명자는 서울에서 출생하여 젊은 시절을 평화시장에서 일한 후 현재는 부산에서 시작 활동을 하고 있다. 이번 시집에는 특히 젊은 시절 그녀가 평화시장의 봉제가공 업체에서 여공으로 일하던 시절의 시편이 여러 편 묶여 있는 것이 눈에 띈다. 물론 이 시집에는 부산에서의 시인의 생활세계의 편린을 들여다볼 수 있는 다른 시편들과 함께, 신종 코로나 이후 이른바 호모 마스크스(마스크 인간)라고 명명할 수 있을 변화된 인간 생태에 대한 사유를 담고 있는 시도 발견할 수 있다.

이 시집에 수록된 시들을 반복해 읽으면서 내가 무엇보다도 이 시인의 시세계에서 통일된 감흥을 느낀 것은 비정하고 고통스러운 세계 속에서도 강인하게 뿜어져 나오는 어떤 활력과 정념이었다. 일견 서정시라면 보통 드러나기 마련일 자연과 세계에 대한 낭만화된 센티멘털리즘이랄지 자아에 대한 자기애의 반영일 슬픔이나 연민의 감정 같은 것들이 고명자에게는 대단히 억제되어 있었다. 그 대신 그 자리를 차지하고 있는 것은 강인한 활력이다.

흙이 들고 일어나
시멘트 바닥을 갈라 놓았다
여름의 틈으로
풀이 웃자라
골목이 빽빽해졌다
아이들의 아우성도 우악스러워졌다

—「늦여름에」 부분

　위의 시는 늦여름의 특이할 것 없는 한 공터의 풍경
을 조망하는 시인의 시선을 잘 보여 준다. 이러한 시적
진술에서 특징적인 것은 그것이 "풀"로 표상되는 자연
이든 아니면 "시멘트 바닥"과 같은 인공물이든, 또 "아이
들"과 같은 사람이건 간에, "들고 일어나"고 "갈라"지고
"우악스러워"지는 역동적인 현재진행형의 변화 가운데,
늦여름이라는 계절과 풍경이 감각되고 있다는 점이다.
　고명자 시인은 장미를 표현할 때조차 그것의 심미성
에 대해 말하지 않고, "사람보다 더 독하게 붙어사는" 존
재로 그것을 명명한다(「장미의 방향」). 이 지독한 끈질
김! 이제는 지상을 떠나간 그리운 이를 회억하면서도 그
것을 표현할 때는, "무덤의 깊이로 내 마음/을 파내서/너
를, 꺼내 버려야 하겠다"라고 강인하고 단호한 의지와 결
심을 표명한다(「그런 방 한 칸」). 영원한 별리라는 지극

한 슬픔조차도 그녀의 시에서는 이렇듯 강인한 활기와 결합되어 있기 때문에, 이런 표현이 가능하다면 고명자의 시에서는 고통조차도 활기로 충만하다.

고명자의 시에서 자연과 인간과 문명은 동태적인 활력을 서로에게 반향하고 있다. 고명자 시의 시적 자아는 대상을 바라볼 때는 물론 드물게 자기를 응시할 때에도 그 활력과 역동성을 어김없이 드러낸다.

재송 기슭의 나는 우리 동네 가장 질긴 뿌리다
그래, 먹어 치워 봐라 나를

식물들도 오월이면 몸싸움을 한다
은근슬쩍 얼키설키 초록이 질펀해지면
귀 어두운 새도 말문이 터진다

넝쿨 식물이 유리창을 뚫겠다
한겨울 눈 속에도 꼿꼿하던 나무들
넝쿨에 휘감여 시들어 간다

누군가 집을 허물고 떠난 빈터에
산이 어적어적 내려왔다
푸른빛 긴 혀를 뽑아 허공을 쑥 핥아대니

고양이 풀씨 칡넝쿨 벌레 딱새 온갖 것이 튀어나온다
눈 밖에 난 요괴처럼 날고 기고 먹고 먹히고
눈물 콧물 재채기 오월의 아수라다

마당에 산맥이 들어섰다
읽던 장자를 "탁" 덮었는데 꽃가루 분분하다
집 꼴이나 사람 꼴이나 그렇고 그래서
톱을 들었다
등꽃 대궐 수십 채 썰어댄다
　　　　　　　　—「먹이사슬을 위한 랩소디」 전문

위의 시는 자연을 "먹이사슬"의 그물망으로 파악하
는 시인의 인식을 잘 보여 준다. 물론 그 그물망 안에는
시적 자아 역시 그것의 한 분자로 위치하고 있다. 일단
이 시는 도입부에서 "나는 우리 동네 가장 질긴 뿌리다"
라고 선언하면서 시작된다. 그런데 시적 상황을 보면 지
금 시적 자아는 『장자』를 읽으며 그 경전 속에서의 가르
침처럼 마음을 다스리면서 짐짓 소요유逍遙遊의 자세
를 가다듬고 있는 것으로 보인다.

그러나 오월이 되어 만개하는 자연의 "몸싸움"은 꽃
가루처럼 난분분하고 역동적이다. 이 계절에는 "초록이
질펀"해지고 "새도 말문이 터진다". "고양이 풀씨 칡넝쿨

벌레 딱새"를 포함한 "온갖 것이 튀어나온다"고 시인이
표현하듯, 막을 수 없는 자연의 생기生氣의 분출이 팽팽
한 활력으로 충만해지는 오월이다. 이것이 시적 자아에
게는 생명들의 "아수라"처럼 느껴질 정도로 생생해, 『장
자』를 읽어 내려갔던 목표였던 유장한 소요유의 관조를
불가능케 만든다는 것이 시적 자아의 태도다.

이 생명의 분주함, 먹고 먹히는 먹이사슬의 "아수라"
를 최종적으로 제압하는 것은 시적 자아가 들고 있는
"톱"이다. "톱을 들었다/등꽃 대궐 수십 채 썰어낸다"는
표현은, 그러나 자연에 대한 지배나 충동적 거세의 의미
는 아니다. 이것은 거꾸로 상호의존적이면서도 생명의
순환을 위해 불가피할 것이 분명한 먹이사슬 안에, 시적
화자 역시 상황적으로 동참하고 있음을 의미한다.

이는 시적 자아나 그녀를 생명의 에너지로 감싸고 있
는 자연 모두의 근원적인 속성이 "날고 기고 먹고 먹히
고"라는 생명의 순환과 질서 안에서 공생공사共生共死
하고 있음을 우리에게 잘 보여 준다. 따라서 "등꽃 대궐
수십 채 썰어"대는 저 "톱"의 무자비함은 이 시 속에서
두려운 폭력성의 의미로 치환되지 않고, 생사동거生死同
居의 자연의 순환적 질서 안에 시적 화자 역시 과감하게
동참하고 있다는 것을 보여 주게 되는 것이다. 그렇게 자
연의 "먹이사슬" 즉 생명의 그물망 안에서는 죽음조차

도 활기라면 활기인 것인데, 위의 시는 오월의 자연에 깃들어 있는 생동하는 삶과 죽음의 내연관계를 그런 점에서 아주 잘 보여 주는 셈이다.

이렇게 고명자의 시에는 강인한 활력으로 충만한 세계에 대한 정념이 잘 나타난다. 흥미로운 것은 그 활력이 자주 삶에 대한 거의 낙천적인 인식과 결합되어 있다는 점이다.

집 내놔라, 밥 내놔라
민달팽이 한 마리
변기 옆에 대자로 뻗어 있다
늘여 봤자 검지만 한 게
노름을 했는지 시멘트 벽을 뚫었는지
헐벗은 몸뚱이 좀 봐라
깜깜한 화장실 바닥에 퍼질러 놓았구나

참, 의뭉스러운 놈
집도 식솔도 있어는 봤는지
뭘 먹고 싸고 자고 비럭질하며 돌아다니는지
입도 코도 촉수도 오장육부도 없지는 않을 터인데

촉촉하고 물컹하고 시커멓고

징그러운 것들이
목숨도 길어라

배밀이 기술 하나로
맨몸뚱이 먹여 살리겠다는 포즈
한밤중을 뭉개고 쳐들어와 으름장 놓고 있다

흙비린내, 물비린내 한 바가지 내놔라
야멸친 눈빛 말고
별별 것 말고

—「파행」전문

위의 시는 "변기 옆에 대자로 뻗어 있"는 민달팽이를
발견한 후의 상상으로 채워진다. 가히 '민달팽이의 편력
기'라고 해도 과언이 아닌 위 시에서의 상상과 추론은
자연스럽게 우리 시대의 헐벗고 정처를 잃은 대상들에
대한 시인의 자유연상이 결합된 것이다. 시인은 민달팽
이를 향해 "의뭉스러운 놈"이라고 짐짓 비난하는 듯하
지만, "배밀이 기술 하나로/맨몸뚱이 먹여 살리겠다는"
표현에서, 필사적이었으나 궁핍한 상태에 머물고 있는
민달팽이의 편력을 보면서, 끈질긴 삶에 대한 열망을 발
견하는 반어적 경탄을 들을 수 있다. "촉촉하고 물컹하

134

고 시커멓고/징그러운 것들이/목숨도 길어라"라고 시인이 경탄과 탄식을 하는 것은 말 그대로의 멸시나 비난의 태도가 아니다. 시인이 "흙비린내, 물비린내 한 바가지 내놔라"라고 명령할 때, 그것은 이제는 아무것도 가진 것이 없는 연약한 존재에게도 버릴 수 없는 삶의 비릿한 열망과 고투가 숨어 있음을 감지하고 있다고 나는 생각한다.

이번 시집에서 반복적으로 나타나는 삶에 대한 시인의 강인한 활력들은 "휩쓸리면서 함께 휩쓸려 헤쳐 나가는" "자갈치 아지매"들의 삶을 시화한 작품에서도 잘 나타난다. 시인에게 자갈치 시장은 "세상의 모든 격랑을 받아내는" 세계이다.

> 단칼에 바다
> 수족관 넘쳐 흐르는 바다
> 수족관 수천 개로 이어 붙인 바다
> 벼린 칼로 저민 파도가 접시 위에서 펄떡펄떡 뛴다
> 은비늘 금비늘 꿰차고 다시 날아오를 기세다
> 휩쓸리면서 휩쓸려 헤쳐 나가는
>
> ―「야야, 자갈치 가자」 부분

자갈치 시장의 풍정風情을 묘사하면서 "넘쳐흐르고"

"펄떡펄떡" 뛰고 "날아오를 기세"로 "휩쓸리면서 함께 휩쓸려 헤쳐 나가"는 "자갈치 아지매"들의 강인한 활기를 이처럼 역동적으로 파악하는 시선이야말로 고명자의 세계와 인간에 대한 경의적 태도라고 할 수 있다.

마찬가지로 젊은 시절 평화시장의 여공으로 일했던 체험을 시화하고 있는 1부에 수록된 「국수」 연작이나 「처녀들의 난」 연작 역시, 국수 면발처럼 자꾸만 풀어지기만 했던 가난과 허기로 가득했던 객관적인 현실의 난관에도 불구하고, "봄물이 터져 걷잡을 수 없는 처녀들"의 스프링 같은 에로스 에너지의 발산과 활기를 잘 보여준다.

　　우린 이제 속속들이 다 익은 처녀들
　　신문 가판대의 간첩 소식에 각하의 얼굴에 선데이서
울에도
　　돌아가는 세상일 시비 걸고 싶었던 거야
　　뜯어말려도 소용없는 피 터지는 싸움
　　쉬쉬, 킥킥, 희번덕희번덕 우리끼리만 통했던 거야
　　미니스커트 여가수 김추자가 흔들어대던 허벅지도 사
실은
　　몸의 말이야.
　　볼래 말래, 갈래 말래, 너 죽을래? 하는 따위

그래, 나 오늘 땡땡이쳤다 어쩔래라는 속말 대신
긴 파마머리 여가수를 악악 환호해 좋았던 거야

춤추러 갈까
주눅 든 팔다리 마구 휘저어 볼래
저 빌딩의, 저기 저 남산의, 보름달의 높이로
뛰어 올라가 볼래?
봄물이 터져 걷잡을 수 없는 처녀들아
그래, 우리 춤추러 가자
　　　　　　　　　　　　―「처녀들의 난 2―봄밤」 부분

　지금 시인은 기억을 되당겨 "동평화시장 시다바리, 미
싱사"였던 젊은 시절을 현재화하고 있다. "우린 이제"라
는 표현을 통해, 저편의 시간은 생생히 살아 있는 이편
으로 회귀한다. 이 시에는 "수출의 역군"이라는 체제의
착취적 명명/명령에 아랑곳하지 않는, 처녀들의 분출하
는 봄날 속 "몸의 말"을 보여 주고 있다. 그것은 "쉬쉬, 킥
킥, 희번덕희번덕"과 같은 의성의태어의 활력으로만 표
현될 수 있는 처녀들의 에로스의 발산이며 정념이다.
　그것은 금지를 모르는 상승과 분출과 도약하는 정념
의 현재를 우리에게 보여 준다. "저 빌딩의, 저기 저 남산
의, 저 보름달의 높이로" 뛴다기보다는 날아갈 것만 같

은 충동과 정념에의 의지를 이 시는 잘 보여 준다. 이것은 체제가 강제하는 금욕적인 노동윤리, 그 규율 체제의 금지선을 뚫고 걷잡을 수 없이 발산하는 능동적 욕망의 발산을 실행하겠다는 D. H. 로렌스의 「제대로 된 혁명」의 다음 구절을 생각하게 만든다. "혁명을 하려면 웃고 즐기며 하라/소름끼치도록 심각하게는 하지 마라/너무 진지하게도 하지 마라/그저 재미로 하라."

그것을 생각하면 「처녀들의 난 2―봄밤」에서의 "그래, 우리 춤추러 가자"는 시적 화자의 제안과 촉구는 착취에 기반한 생계노동의 압력과 명령에도 불구하고, 결코 제압당하지 않았던 처녀들의 삶에 대한 봉기 혹은 혁명과도 같은 에로스의 욕망, 그리고 강인함과 탄력을 잘 보여 준다고 평가할 수 있다.

인간과 자연을 원경에서 관조하면 그것은 더없이 고요한, 어제와 오늘이 없는 악무한의 반복으로 보인다. 그러나 생사의 그물망을 구성하고 있는 세계의 안쪽으로 섬세하게 시선을 투시해 보면, 그곳에는 더할 수 없는 역동성으로 살아 움직이는 '먹이사슬'(생사의 그물망)이 초래하는 행동주의적 정념과 생활의 뜨거운 노고가 드러난다. 그것을 또 한 번 상대화해내는 고명자의 시적 프리즘 안에서는, 고통과 쇠락의 현실조차도 활력을 얻어 에로스의 욕망으로 발산하게 된다. 여기서 에로스는 생성/생기하는 삶의 욕망에 다름 아닌데, 고명자 시의 강인한 정념의 활력과 발산은 그래서 가능해진다.

나무 되기 연습

2023년 12월 5일 1판 1쇄 펴냄
2024년 12월 12일 1판 2쇄 펴냄

지은이	고명자
펴낸이	김성규
편집	김안녕 한도연 김채현
디자인	신아영 이인영
펴낸곳	걷는사람
주소	경기도 용인시 기흥구 동백중앙로 358-6, 7층 (본사)
	서울 마포구 월드컵로16길 51 서교자이빌 304호 (지사)
전화	031 281 2602 / 02 323 2602
팩스	02 323 2603
등록	2016년 11월 18일 제25100-2016-000083호

ISBN 979-11-93412-16-9 04810
ISBN 979-11-89128-01-2 (세트)